CENTER FOR LANGUAGE
EDUCATION AND COOPERATION
中外语言交流合作中心

中華教育

YCT

標準教程 ①
STANDARD COURSE

主編 Lead Author | 蘇英霞 Su Yingxia

編者 Authors | 金飛飛 Jin Feifei 　王 蕾 Wang Lei

責任編輯 楊 歌
裝幀設計 龐雅美
排 版 龐雅美
印 務 劉漢舉

主編 | 蘇英霞　　編者 | 金飛飛　王 蕾

出版 / 中華教育

香港北角英皇道 499 號北角工業大廈 1 樓 B 室

電話：(852) 2137 2338　傳真：(852) 2713 8202

電子郵件：info@chunghwabook.com.hk

網址：http://www.chunghwabook.com.hk

發行 / 香港聯合書刊物流有限公司

香港新界荃灣德士古道 220-248 號荃灣工業中心 16 樓

電話：(852) 2150 2100　傳真：(852) 2407 3062

電子郵件：info@suplogistics.com.hk

印刷 / 寶華數碼印刷有限公司

香港柴灣吉勝街 45 號勝景工業大廈 4 樓 A 室

版次 / 2023 年 6 月第 1 版第 1 次印刷

©2023 中華教育

規格 / 16 開 (285mm x 210mm)

ISBN / 978-988-8808-94-6

前言
Preface

Youth Chinese Test (YCT) is an international standardized test of Chinese proficiency, which evaluates the ability of primary school and middle school students whose mother tongue is not Chinese to use the Chinese language in their daily lives and study. With the principle of "combining testing and teaching", we take much pleasure in publishing this series of *YCT Standard Course*.

1. Target Readers

- Overseas primary school and middle school students who take Chinese as a selective course.

- Students who are going to take the YCT.

2. Correspondence Between Textbooks and YCT

Textbook	YCT	Vocabulary	Class Hours (For Reference)
Book 1	Level 1	80	35 ～ 45
Book 2	Level 2	150	35 ～ 45
Book 3	Level 3	300	50 ～ 60
Book 4			50 ～ 60
Book 5	Level 4	600	60 ～ 70
Book 6			60 ～ 70

3. Design

- It provides a scientific curriculum and effective teaching methods. The series is compiled in accordance with the acquisition and study rules of Chinese as a second language, with a careful consideration of the features of primary school and middle school students' cognitive development.

- It aims to stimulate students' multiple intelligence. The series employs various learning approaches including pictures, activities, exercises, songs and stories that center on the same topic so as to promote primary school and middle school students' multi-intellectual development.

- It combines testing and teaching. Based on the syllabus of YCT, the series accomplishes the goals of "stimulating teaching with testing" and "promoting learning with testing" through the design of appropriate teaching content and exercises.

4. Features

- A full coverage of YCT. On the basis of an overall and careful analysis of YCT syllabus and test papers, the series is organized with function as the prominent building blocks and grammar as the underlying building blocks, so as to fully cover YCT's vocabulary, grammar and function items. Each lesson is accompanied by a YCT model test page. Students should be able to pass the corresponding level of YCT after finishing each book.

- An integrated combination of function and fun. The series emphasizes on the authenticity of the scene design, the naturalness and usefulness of the language, as well as the interestingness of the content. At the same time, it takes a careful consideration of students' affection and attitude. Through texts, games, songs and stories, we hope the series is able to arise students' interest in learning and help them enjoy it as they learn.

- A variety of activities and exercises in each section. There are activities and exercises in each teaching section in this series in order to provide teaching clues and exercise options for teachers.

- Listening and speaking taking the lead and followed by reading and writing. The series follows the principle that students proceed with reading and writing after achieving the goal of listening and speaking. The first 4 books do not have any requirements on writing Chinese characters.

5. How to Use Book 1

YCT Standard Course (Book 1) is designed for entry level primary school and middle school students. The book has 12 lessons, covering all the 80 words, 10 grammar items and 9 function items of YCT level 1. Lessons 1–11 are teaching lessons while Lesson 12 is a revision lesson. The suggested class hours for each lesson are 3~4 hours.

Each lesson in Book 1 consists of Key sentences, Let's learn (new words), Let's read (texts), Activities and exercises, Songs, Mini stories and Model test page.

- **Key sentences.** Each lesson has 2 key sentences. The sentences are both important function items of the lesson and the clues for the key grammar points.

- **Let's learn (new words).** Each lesson has about 10 new words, with no more than 3 words that are not included in the syllabus (all marked with *). Most nouns appear in the form of pictures and are followed with Chinese characters, *Pinyin* and English translation. The other words are followed with Chinese characters, *Pinyin*, English translation and collocations or sample sentences.

- **Let's read (texts).** Each lesson has 2 texts, with each text containing 1~2 turns, which mainly come from sentences from previous YCT. Questions after the texts help teachers evaluate if students have fully understood the texts.

- **Activities and exercises.** The book has both traditional exercises such as filling in the blank and matching, and interactive activities or games. The alternative activities and exercises help the class achieve a balance between being dynamic and static.

- **Songs.** Each lesson contains a song related to the topic. Students can sing and dance at the same time, which helps to develop their multiple intelligence through a variety of stimulations.

- **Mini stories.** Each lesson provides an interesting mini story related to the topic. Students can act it out in groups after reading it.

- **Model test page.** Each lesson has a YCT model test page attached, which helps students familiarize themselves with the test and pass YCT successfully after finishing the book.

The Confucius Institute Headquarters, China Higher Education Press and Chinese Testing International (CTI) have offered tremendous support and guidance during the planning and compiling of the series. Domestic and foreign experts in related fields have also given us many valuable comments and suggestions. It is our sincere wish that the *YCT Standard Course* could open the doors of Chinese learning for overseas primary school and middle school students, and help them learn and grow up with ease and joy.

Authors

March, 2015

目 錄
Contents

Lesson 1

你好！
Hello!

Key sentences

Nǐ hǎo!
- 你 好！ Hello!

Zài jiàn!
- 再 見！ Goodbye!

Let's learn

掃一掃
01-01

yī
一

èr
二

sān
三

sì
四

wǔ
五

liù
六

qī
七

bā
八

jiǔ
九

shí
十

nǐ 你	you (singular)	你好
hǎo 好	good	你好
lǎo shī 老師	teacher	老師好
zài jiàn 再見	goodbye	

Group work. Count numbers in turns and do it faster and faster.

1

Let's read

"Passing down" game. If you are holding the "flower" when the drumbeat stops, you should talk with your partner according to the dialogues.

Let's match

1. Nǐ hǎo.
   你 好 。　●

2. Lǎo shī hǎo.
   老 師 好 。　●

3. Zài jiàn.
   再 見 。　●

● A. Nǐ hǎo.
   你 好 。

● B. Zài jiàn.
   再 見 。

● C. Nǐ hǎo.
   你 好 。

Let's play

Pair work. One student makes the gesture and the other says the number.

Let's sing

掃一掃
01-03

Nǐ hǎo
你 好

Nǐ hǎo,　　nǐ hǎo,　　nǐ hǎo,　　nǐ hǎo.
你 好 ， 你 好 ， 你 好 ， 你 好 。

Nǐ hǎo ma?　　Nǐ hǎo ma?
你 好 嗎 ？ 你 好 嗎 ？

Wǒ hěn hǎo,　　zài jiàn.　　Wǒ hěn hǎo,　　zài jiàn.
我 很 好 ， 再 見 。 我 很 好 ， 再 見 。

Zài jiàn,　　zài jiàn.
再 見 ， 再 見 。

Nǐ hǎo!
你 好 ！

3

1 Listening.

1.	A	B	C
2.	A	B	C
3.	A	B	C

2 Reading: True or false.

4.		qī 七	
5.		lǎo shī 老 師	
6.		zài jiàn 再 見	

Lesson 2

你叫甚麼？

What's your name?

掃一掃

02-01

wǒ 我	I, me 我叫星星。	
jiào 叫	to be called 我叫月月。	
shén me 甚 麼	what 你叫甚麼？	
rèn shi 認 識	to know 認識你	
hěn 很	very 很好	

gāo xìng 高 興	glad 很高興
tā 她	she, her 認識她
ma 嗎	(a question particle) 你認識她嗎？
bù 不	no, not 不認識

The students point to the new words as quickly as possible when the teacher reads them.

5

1 Nǐ hǎo ! Wǒ jiào Xīngxing,
你好！我叫星星，
Nǐ jiào shén me?
你叫甚麼？

2 Wǒ jiào Yuèyue.
我叫月月。

3 Rèn shi nǐ hěn gāo xìng!
認識你很高興！

Question: 她叫甚麼？

1 Nǐ rèn shi tā ma?
你認識她嗎？

2 Bú rèn shi.
不認識。

Question: 月月認識她嗎？

"Bicycle chain" game. The students make an oval circle and talk in pairs. When the teacher says "change", everyone takes one step to the right and talks to the next student.

Let's match

1. Nǐ hǎo.
   你好。 •

2. Nǐ jiào shén me?
   你叫甚麼？ •

3. Nǐ rèn shi tā ma?
   你認識她嗎？ •

• A. Bú rèn shi.
   不認識。

• B. Nǐ hǎo.
   你好。

• C. Wǒ jiào Yuèyue.
   我叫月月。

Let's play

Chinese surnames	Lǐ 李 Li	Wáng 王 Wang	Zhāng 張 Zhang	Liú 劉 Liu		
Boy's given names	qiáng 強 strong	wěi 偉 great	lóng 龍 dragon	yǒng 勇 brave	fēng 峯 peak	hǎi 海 sea
Girl's given names	měi 美 beautiful	juān 娟 graceful	yuè 月 moon	fāng 芳 fragrant	jìng 靜 calm	wén 文 culture

1 Nǐ hǎo! Wǒ jiào Lǐ Fāng,
你好！我叫李芳，
nǐ jiào shén me?
你叫甚麼？

Lǐ Fāng
李芳

Liú Xiǎohǎi
劉小海

2 Nǐ hǎo! Wǒ jiào Zhāng Wěiqiáng.
你好！我叫張偉強。
Rèn shi nǐ hěn gāo xìng.
認識你很高興。

Give yourself a Chinese name.
Make a name card and exchange
with others.

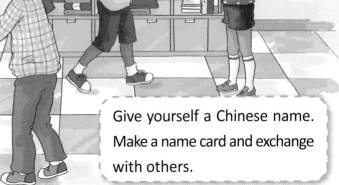

7

 Test

掃一掃

02-03

1 Listening: True or false.

1.		
2.		
3.		

2 Reading: True or false.

4.		tā 她	
5.		hěn hǎo 很 好	
6.		gāo xìng 高 興	

Lesson 3

他是誰？

Who is he?

- Tā shì shéi?
  他 是 誰 ？ Who is he?
- Chéng Lóng shì nǎ guó rén?
  成 龍 是 哪 國 人 ？ What is Jackie Chan's nationality?

掃一掃
03-01

tā 他	he, him 他是成龍。
shì 是	am, is, are 他是成龍。
shéi 誰	who, whom 他是誰？
nǎ 哪	which 哪國人
guó 國	country 中國

rén 人	person 中國人
Zhōngguó rén 中國人	Chinese people 他是中國人。

"Shout and whisper" game. When the teacher shouts a word, the students whisper; when the teacher whispers a word, the students shout.

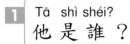

掃一掃

03-02

2 Tā shì Chéng Lóng.
他 是 成 龍 。

1 Tā shì shéi?
他 是 誰 ？

Question: 他是誰？

1 Chéng Lóng shì nǎ guó rén?
成 龍 是 哪 國 人 ？

2 Zhōngguó rén.
中 國 人 。

Question: 成龍是哪國人？

Group work. Introduce all the other group members' names and nationalities.
E.g. 他 / 她是……。他 / 她是……人。

Let's guess

1. **Pair work.** One student asks and the other answers. E.g. 他／她是誰？他／她是哪國人？
2. **Pair work.** One student imitates a celebrity and the other guesses who he/she is.

掃一掃

03-03

 Let's sing

Zhǎo péng you
找 朋 友

Zhǎo ya zhǎo ya zhǎo péng you,
找 呀 找 呀 找 朋 友 ，

zhǎo dào yí ge hǎo péng you.
找 到 一 個 好 朋 友 。

Chéng Lóng, Zhōngguó rén,
成 龍 ， 中 國 人 ，

nǐ shì wǒ de hǎo péng you.
你 是 我 的 好 朋 友 。

Zài jiàn!
再 見 ！

Sing the song while clapping your hands. Try to sing it to your parents after class.

Replace them with your partner's name and nationality.

11

Mini story

Tā shì shéi?
他 是 誰？

① ①
Tā shì Zhāng Zǐyí.
她 是 章 子怡。

②
Tā shì Yáo Míng.
他 是 姚 明。

①
Tā ne?
他 呢？

②
Mā ma, tā shì shéi?
媽媽，她 是 誰？

③
Tā men dōu shì Zhōngguó rén.
他 們 都 是 中 國 人。

③
Wǒ rèn shi tā, tā shì
我 認識 他，他 是
Màikè'ěr · Jiékèxùn.
邁克爾 · 傑克遜。

④
Tā shì shéi?
她 是 誰？
Zhēn piào liang!
真 漂 亮！

Yī, èr, sān, qié zi!*
一、二、三，茄子*！

⑤ ①
Nǐ hǎo, wǒ shì Àimǎ.
你 好，我 是 艾瑪。

②
Nǐ hǎo! Nǐ hǎo!
你 好！你 好！

*"茄子" means eggplant in
Chinese, and it makes you smile
just like speaking "cheese"!

Read the story and act it out.

掃一掃
03-05

1 Listening.

1.	A	B	C
2.	A	B	C
3.	A	B	C

2 Reading: True or false.

4.		èr 二	
5.		tā 他	
6.		Zhōngguó 中 國	

4

我家有四口人

There are four people in my family

Key sentences

- Nǐ jiā yǒu jǐ kǒu rén?
  你家有幾口人？ How many people are there in your family?

- Nǐ yǒu jiě jie ma?
  你有姐姐嗎？ Do you have big sisters?

 Let's learn 04-01

bà ba
爸爸 father

mā ma
媽媽 mother

jiā
家 family

gē ge
哥哥 big brother

jiě jie
姐姐 big sister

mèi mei
*妹妹 little sister

yǒu 有	to have 有哥哥
jǐ 幾	how many (within 10) 幾口人 / 幾個
kǒu 口	(a measure word for family members) 四口人
hé 和	and 爸爸和媽媽
méi yǒu *沒有	don't have 沒有哥哥
ge 個	(a measure word for general use) 一個姐姐 / 哪個

How many big brothers and sisters do you have? Tell your partner.

Let's read

1 Nǐ jiā yǒu jǐ kǒu rén?
你家有幾口人？

2 Sì kǒu rén, bà ba,
四口人，爸爸、
mā ma, gē ge hé wǒ.
媽媽、哥哥和我。

Question: 他家有誰？

1 Nǐ yǒu jiě jie ma?
你有姐姐嗎？

2 Méi yǒu. Wǒ yǒu
沒有。我有
yí ge mèi mei.
一個妹妹。

Question: 他有姐姐嗎？

Pair work. Introduce your family
members to your partner.

15

Let's draw

Draw the family members of your family in the frame, and then introduce them to the whole class.

Mini story

掃一掃

04-03

Wǒ de jiā
我 的 家

1

Wǒ jiā yǒu sān kǒu rén, bà ba, mā ma
我 家 有 三 口 人 ， 爸爸 、 媽媽
hé wǒ.
和 我 。

2

Wǒ ài bà ba mā ma, bà ba mā ma
我 愛 爸爸 媽媽 ， 爸爸 媽媽
yě ài wǒ.
也 愛 我 。

3

Wǒ yǒu yì zhī xiǎo gǒu hé yì zhī xiǎo māo.
我 有 一 隻 小 狗 和 一 隻 小 貓 。
Xiǎo gǒu jiào Dòudou,
小 狗 叫 豆豆 ，
xiǎo māo jiào Duōduo.
小 貓 叫 多多 。

4

Dòudou ài Duōduo, Duōduo yě ài
豆豆 愛 多多 ， 多多 也 愛
Dòudou.
豆豆 。

Read the story and act it out.

Let's chant
04-04

Wǒ ài wǒ de jiā
我 愛 我 的 家

Bà ba,　　bà ba,　　hǎo bà ba,　　wǒ ài hǎo bà ba.
爸爸，爸爸，好爸爸，我愛好爸爸。

Mā ma,　　mā ma,　　hǎo mā ma,　　wǒ ài hǎo mā ma.
媽媽，媽媽，好媽媽，我愛好媽媽。

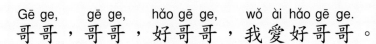

Gē ge,　　gē ge,　　hǎo gē ge,　　wǒ ài hǎo gē ge.
哥哥，哥哥，好哥哥，我愛好哥哥。

Jiě jie,　　jiě jie,　　hǎo jiě jie,　　wǒ ài hǎo jiě jie.
姐姐，姐姐，好姐姐，我愛好姐姐。

Wǒ ài wǒ de jiā,　　hēi,　　wǒ ài wǒ de jiā.
我愛我的家，嘿，我愛我的家。
Wǒ ài wǒ de jiā,　　hēi,　　wǒ ài wǒ de jiā.
我愛我的家，嘿，我愛我的家。

 Test

1 Listening: True or false.

掃一掃
04-05

1.		
2.		
3.		
4.		

2 Reading.

A

B

C

D

Wǒ jiā yǒu sì kǒu rén.
5. 我 家 有 四 口 人。 ☐

Wǒ yǒu yí ge jiě jie.
6. 我 有 一 個 姐 姐。 ☐

Tā shì wǒ gē ge.
7. 他 是 我 哥 哥。 ☐

Mā ma, zài jiàn.
8. 媽 媽，再 見。 ☐

Lesson 5

我6歲

I'm 6 years old

Key sentences

- Nǐ jǐ suì?
  你 幾 歲 ？ How old are you?

- Nǐ gē ge duō dà?
  你 哥 哥 多 大 ？ How old is your big brother?

 Let's learn

掃一掃
05-01

1	2	3	4	5	6	7	8	9	10
11	12	13	14	15	16	17	18	19	20
21									30
31									40
41									50
51									60
61									70
71									80
81									90
91	92	93	94	95	96	97	98	99	100

---

suì 歲	year(s) old	幾歲
duō dà *多大	how old	你多大？
yě *也	also, too	他也6歲。

1. Complete the form and then count from 1 to 100.
2. How old are you? Circle the number and tell your partner.

19

掃一掃
05-02

1 Yuèyue, nǐ jǐ suì?
月月，你幾歲？

2 Wǒ liù suì.
我 6 歲。

Question: 月月幾歲？

1 Nǐ gē ge duō dà?
你哥哥多大？

2 Tā yě liù suì.
他也 6 歲。

Question: 她哥哥多大？

"Throwing and catching" game. One student throws the ball while asking "你幾歲" and "你多大", the one who catches the ball answers the question, and then throws it to another student.

Small survey

tóng xué de míng zi 同 學 的 名 字 classmates' names	duō dà / jǐ suì 多大 / 幾歲					
	bà ba 爸 爸	mā ma 媽 媽	gē ge 哥 哥	jiě jie 姐 姐	dì di 弟 弟	mèi mei 妹 妹
1						
2						
3						
4						
5						

Interview 5 classmates. Ask their family members' age, complete the survey and then present to the whole class.

 Let's sing

05-03

Nǐ jǐ suì?
你 幾 歲 ？

lǎo shī: Mǎlì, Mǎlì, nǐ jǐ suì?
老 師 ：瑪 麗 ，瑪 麗 ，你 幾 歲 ？

Mǎlì: Bā suì, bā suì, wǒ bā suì.
瑪 麗 ：8 歲 ，8 歲 ，我 8 歲 。

Replace them with your friends' names.

lǎo shī: Dàwèi, Dàwèi, nǐ jǐ suì?
老 師 ：大 衛 ，大 衛 ，你 幾 歲 ？

Dàwèi: Jiǔ suì, jiǔ suì, wǒ jiǔ suì.
大 衛 ：9 歲 ，9 歲 ，我 9 歲 。

Mǎlì / Dàwèi: Lǎo shī, lǎo shī, nín duō dà?
瑪 麗 ／ 大 衛 ：老 師 ，老 師 ，您 多 大 ？

lǎo shī: Mì mì, mì mì, shì mì mì, shì — mì — mì —.
老 師 ：祕 密 ，祕 密 ，是 祕 密 ，是 ～ 祕 ～ 密 ～ 。

21

Wǒ jiā de xiàng cè
我家的相冊

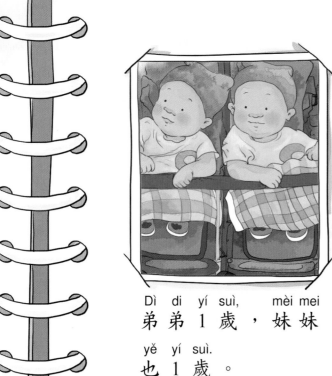

Dì di yí suì,　mèi mei
弟弟1歲，妹妹
yě yí suì.
也1歲。

Wǒ qī suì.
我7歲。

Bà ba sān shí wǔ suì,
爸爸35歲，
mā ma yě sān shí wǔ suì.
媽媽也35歲。

Yé ye liù shí suì,
爺爺60歲，
nǎi nai yě liù shí suì.
奶奶也60歲。

Imagine your whole life, and then draw it in four pictures. Do not forget to write down your age in Chinese on each picture.

Test

掃一掃
05-05

1 Listening: True or false.

1.		
2.		
3.		

2 Reading.

jiǔ   shì   nǎ   yǒu
A 九   B 是   C 哪   D 有

4. A：你 家 （ ） 幾 口 人 ？
Nǐ jiā jǐ kǒu rén?
B：四 口 人 。
Sì kǒu rén.

5. A：你 是 （ ） 國 人 ？
Nǐ shì guó rén?
B：我 是 中 國 人 。
Wǒ shì Zhōngguó rén.

6. A：哪 個 （ ） 你 哥 哥 ？
Nǎ ge nǐ gē ge?
B：7 號 。
Qī hào.

7. A：你 八 歲 嗎 ？
Nǐ bā suì ma?
B：不 ， 我 （ ） 歲 。
Bù, wǒ suì.

Lesson 6

你的個子真高！
You're so tall!

Key sentences

Mèi mei de yǎn jing hěn xiǎo.
- 妹妹的眼睛很小。 Little sister's eyes are small.

Nǐ de gè zi zhēn gāo!
- 你的個子真高！ You're so tall!

掃一掃
06-01

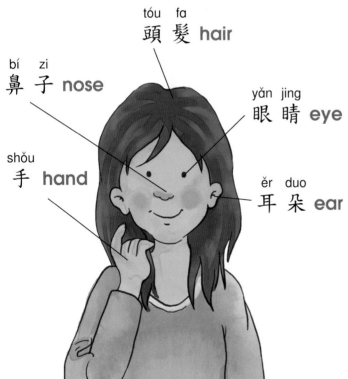

tóu fa
頭髮 hair

bí zi
鼻子 nose

yǎn jing
眼睛 eye

shǒu
手 hand

ěr duo
耳朵 ear

de 的	(indicating a possessive relationship) 妹妹的眼睛
xiǎo 小	small 很小
dà 大	big 很大
cháng 長	long 不長
gè zi 個子	height (for people) 你的個子 / 個子很高
zhēn *真	really 真長
gāo 高	tall 真高

Pair work. One student says a word and the other points to his/her own corresponding body part.

24

Let's read

掃一掃
06-02

Mèi mei de yǎn jing hěn xiǎo,　　ěr duo hěn xiǎo,
妹 妹 的 眼 睛 很 小 ， 耳 朵 很 小 ，
shǒu bú dà,　　tóu fa bù cháng.
手 不 大 ， 頭 髮 不 長 。

Question: 妹妹的眼睛大嗎？頭髮長嗎？

2 Nǐ de bí zi zhēn cháng!
你 的 鼻 子 真 長 ！

1 Nǐ de gè zi zhēn gāo!
你 的 個 子 真 高 ！

Question: 誰的個子高？誰的鼻子長？

Pair work. Say at least two sentences about your partner with "很" and "真".

✏️ **Let's draw**

Draw a friend or an animal, and then describe its appearance to the whole class.

🎼 **Let's sing**

掃一掃
06-03

Shēn tǐ bù wèi
身 體 部 位

Tóu, jiān bǎng, xī gài, jiǎo, xī gài, jiǎo,
頭 、 肩 膀 、 膝 蓋 、 腳 、 膝 蓋 、 腳 ，

tóu, jiān bǎng, xī gài, jiǎo, xī gài, jiǎo.
頭 、 肩 膀 、 膝 蓋 、 腳 、 膝 蓋 、 腳 。

Yǎn jing, ěr duo, zuǐ ba hé bí zi,
眼 睛 、 耳 朵 、 嘴 巴 和 鼻 子 ，

tóu, jiān bǎng, xī gài, jiǎo, xī gài, jiǎo.
頭 、 肩 膀 、 膝 蓋 、 腳 、 膝 蓋 、 腳 。

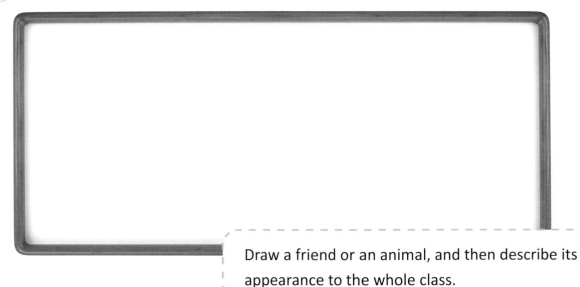

 **Mini story**

掃一掃
06-04

Xiǎo kē dǒu zhǎo mā ma
小 蝌 蚪 找 媽 媽

1

1

Nǐ shì wǒ men
你 是 我 們
de mā ma ma?
的 媽 媽 嗎 ？

2

Wǒ bú shì.
我 不 是 。
Nǐ men de mā ma yǎn jing hěn dà.
你 們 的 媽 媽 眼 睛 很 大 。

2

1

Nǐ shì wǒ men
你 是 我 們
de mā ma ma?
的 媽 媽 嗎 ？

2

Wǒ bú shì.
我 不 是 。
Nǐ men de mā ma
你 們 的 媽 媽
yǒu sì tiáo tuǐ.
有 四 條 腿 。

3

1

Nǐ shì wǒ men
你 是 我 們
de mā ma ma?
的 媽 媽 嗎 ？

2

Wǒ bú shì.
我 不 是 。
Nǐ men de mā ma
你 們 的 媽 媽
méi yǒu wěi ba.
沒 有 尾 巴 。

4

1

Nǐ shì wǒ men
你 是 我 們
de mā ma ma?
的 媽 媽 嗎 ？

2

Wǒ shì nǐ men de mā ma.
我 是 你 們 的 媽 媽 。
Wǒ ài nǐ men.
我 愛 你 們 。

3

Mā ma!
媽 媽 ！
Mā ma!
媽 媽 ！

Read the story and act it out.

 Test

 掃一掃
06-05

1 Listening: True or false.

1.		
2.		
3.		
4.		

2 Reading.

A

B

C

D

Wǒ de bí zi hěn cháng.
5. 我 的 鼻 子 很 長 。

Tā de tóu fa hěn cháng.
6. 她 的 頭 髮 很 長 。
□

Tā de gè zi bù gāo.
7. 他 的 個 子 不 高 。
□

Zhè shì wǒ de ěr duo.
8. 這 是 我 的 耳 朵 。

Lesson 7

這是誰的狗？
Whose dog is this?

Key sentences

Zhè shì shéi de gǒu?
- 這 是 誰 的 狗 ？ Whose dog is this?

Zhèr yǒu hěn duō xiǎo yú.
- 這兒 有 很 多 小 魚 。 There are lots of fish here.

 Let's learn

07-01

māo
貓 cat

gǒu
狗 dog

yú
魚 fish

niǎo
鳥 bird

zhè 這	this 這是誰的狗？
nà 那	that 那是誰的貓？
kàn 看	to look 看這兒
zhèr 這兒	here 這兒有很多小魚。
duō 多	many, much 很多
nàr 那兒	there 那兒有很多小鳥。

One student imitates an animal, and others guess what it is. The first correct respondent gets the chance to perform.

Let's read

掃一掃
07-02

1
Zhè shì shéi de gǒu?
這 是 誰 的 狗 ？

2
Zhè shì wǒ de gǒu.
這 是 我 的 狗 。

3
Nà shì shéi de māo?
那 是 誰 的 貓 ？

4
Nà shì Míngming de māo.
那 是 明 明 的 貓 。

Question: 那是誰的貓？

1
Nǐ kàn, zhèr yǒu hěn duō xiǎo yú.
你 看 ， 這 兒 有 很 多 小 魚 。

2
Nǐ kàn, nàr yǒu hěn duō xiǎo niǎo.
你 看 ， 那 兒 有 很 多 小 鳥 。

Pair work. Make a dialogue with your partner according to the text.

Question: 那兒有甚麼？

Let's guess

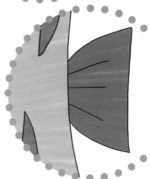

Pair work. Make a guess and talk to your partner with the sentences below.

A：這／那是甚麼？ B：這／那是 _____ 。

A：這／那是誰的 _____ ？ B：這／那是 _____ 。

掃一掃
07-03

Chinese culture

| 1972 1984 | 1973 1985 | 1974 1986 | 1975 1987 | 1976 1988 | 1977 1989 |
| 1996 2008 | 1997 2009 | 1998 2010 | 1999 2011 | 2000 2012 | 2001 2013 |

| 1978 1990 | 1979 1991 | 1980 1992 | 1981 1993 | 1982 1994 | 1983 1995 |
| 2002 2014 | 2003 2015 | 2004 2016 | 2005 2017 | 2006 2018 | 2007 2019 |

These are the 12 Chinese zodiac animals. What is your animal sign? Your father's? Your mother's? Tell your partner.

shǔ	niú	hǔ	tù
鼠 rat	牛 ox	虎 tiger	兔 rabbit
lóng	shé	mǎ	yáng
龍 dragon	蛇 snake	馬 horse	羊 sheep
hóu	jī	gǒu	zhū
猴 monkey	雞 rooster	狗 dog	豬 pig

Dòng wù gē

動 物 歌

Xiǎo gǒu xiǎo gǒu, wāng wāng wāng.

小 狗 小 狗 ， 汪 汪 汪 。

Xiǎo māo xiǎo māo, miāo miāo miāo.

小 貓 小 貓 ， 喵 喵 喵 。

Xiǎo niú xiǎo niú, mōu mōu mōu.

小 牛 小 牛 ， 哞 哞 哞 。

Xiǎo yáng xiǎo yáng, miē miē miē.

小 羊 小 羊 ， 咩 咩 咩 。

Nǐ zhuī wǒ gǎn zhēn rè nao!

你 追 我 趕 真 熱 鬧 ！

① Listening: True or false.

掃一掃
07-05

1.		
2.		
3.		
4.		

② Reading.

A

B

C

D

Wǒ de yú zài zhèr.
5. 我 的 魚 在 這兒 。 ☐

Wǒ hěn xǐ huan xiǎo niǎo.
6. 我 很 喜 歡 小 鳥 。 ☐

Xiǎo māo, nǐ jǐ suì?
7. 小 貓 ， 你 幾 歲 ？ ☐

Nà ge xiǎo gǒu jiào Duōduo.
8. 那 個 小 狗 叫 多 多 。 ☐

Lesson 8

我去商店

I'm going to the store

Nǐ jiě jie zài jiā ma?
- 你 姐 姐 在 家 嗎？ Is your big sister at home?

Wǒ qù shāng diàn.
- 我 去 商 店。 I'm going to the store.

Let's learn

08-01

xué xiào
學 校 school

shāng diàn
商 店 store

zài 在	in, at 在商店
xiè xie 謝謝	to thank, thanks 謝謝你們。
qù 去	to go 去學校
nǐ men 你們	you (plural) 你們去嗎？
wǒ men 我 們	we 我們在家。
nǎr 哪兒	where 去哪兒

Pair work. Compete with your partner to see who can make more sentences with the words above in 3 minutes.

Let's read

掃一掃
08-02

1
Nǐ jiě jie zài jiā ma?
你 姐 姐 在 家 嗎 ？

2
Bú zài, tā zài xué xiào.
不 在 ， 她 在 學 校 。

3
Xiè xie, zài jiàn!
謝 謝 ， 再 見 ！

4
Zài jiàn!
再 見 ！

Question: 他姐姐在家嗎？

1
Wǒ qù shāng diàn,
我 去 商 店 ，
nǐ men qù ma?
你 們 去 嗎 ？

2
Bú qù. Wǒ men zài jiā.
不 去 。 我 們 在 家 。

3
Mā ma, wǒ qù.
媽 媽 ， 我 去 。

Question: 媽媽去哪兒？

1. Can you act out the dialogues with your friends? Give it a try.
2. Make similar dialogues by using the words "在" and "去".

Let's match

Nǐ jiě jie zài jiā ma?
1. 你 姐 姐 在 家 嗎 ？ ●

Nǐ qù nǎr?
2. 你 去 哪兒 ？ ●

Nǐ qù xué xiào ma?
3. 你 去 學 校 嗎 ？ ●

Wǒ bú qù xué xiào.
● A. 我 不 去 學 校 。

Tā bú zài.
● B. 她 不 在 。

Wǒ qù shāng diàn.
● C. 我 去 商 店 。

 Let's read and point

掃一掃
08-03

Bí zi zài zhèr
鼻 子 在 這兒

Bí zi, bí zi, bí zi zài zhèr.
鼻 子 ， 鼻 子 ， 鼻 子 在 這兒 。

Ěr duo, ěr duo, ěr duo zài zhèr.
耳 朵 ， 耳 朵 ， 耳 朵 在 這兒 。

Yǎn jing, yǎn jing, yǎn jing zài zhèr.
眼 睛 ， 眼 睛 ， 眼 睛 在 這兒 。

Tóu fa, tóu fa, tóu fa zài zhèr.
頭 髮 ， 頭 髮 ， 頭 髮 在 這兒 。

Xiǎo shǒu, xiǎo shǒu, xiǎo shǒu zài nàr.
小 手 ， 小 手 ， 小 手 在 那兒 。

Read the paragraph and point to the corresponding body parts of yourself or on the picture.

Mini story

Nǐ men qù nǎr?
你們去哪兒？

Read the story and act it out.

 **Test**

掃一掃
08-05

1 Listening: True or false.

1.		
2.		
3.		
4.		

2 Reading.

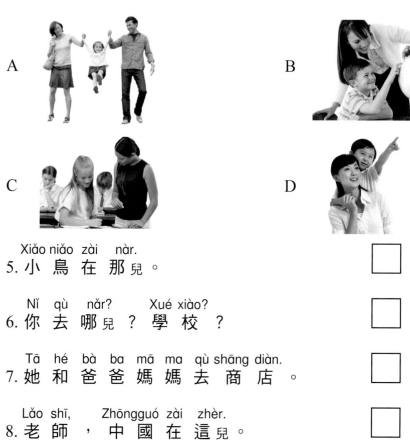

A

B

C

D

Xiǎo niǎo zài nàr.
5. 小 鳥 在 那兒。　□

Nǐ qù nǎr? Xué xiào?
6. 你 去 哪兒 ？ 學 校 ？　□

Tā hé bà ba mā ma qù shāng diàn.
7. 她 和 爸 爸 媽 媽 去 商 店 。　□

Lǎo shī, Zhōngguó zài zhèr.
8. 老 師 ， 中 國 在 這兒。　□

Lesson 9

今天星期幾？

What day is it today?

Key sentences

Nǐ de shēng rì shì jǐ yuè jǐ hào?
- 你的生日是幾月幾號？ When is your birthday?

Jīn tiān xīng qī jǐ?
- 今天星期幾？ What day is it today?

 Let's learn

09-01

xīng qī yī
星期一 Monday

xīng qī èr
星期二 Tuesday

xīng qī sān
星期三 Wednesday

xīng qī sì
星期四 Thursday

xīng qī wǔ
星期五 Friday

xīng qī liù
星期六 Saturday

xīng qī tiān
星期天 Sunday

shēng rì *生日	birthday	你的生日
yuè 月	month	幾月，1月
hào 號	date	幾號，3號
jīn tiān 今天	today	今天星期幾？
xīng qī 星期	week	今天星期五。
míng tiān 明天	tomorrow	明天星期六。
xǐ huan 喜歡	to like	不喜歡，很喜歡

Pair work. One student points to one picture and asks "今天星期幾？", and the other student answers the question according to the picture.

1

Nǐ de shēng rì shì jǐ yuè jǐ hào?
你 的 生 日 是 幾 月 幾 號 ？

2

Yī yuè yī hào.
1 月 1 號 。

Question: 她的生日是幾月幾號？

1

Jīn tiān xīng qī jǐ?
今 天 星 期 幾 ？

2

Jīn tiān xīng qī wǔ.
今 天 星 期 五 。

3

Míng tiān xīng qī liù,
明 天 星 期 六 ，

wǒ xǐ huan xīng qī liù.
我 喜 歡 星 期 六 。

Question: 他喜歡星期幾？

1. Ask three friends about their birthday.

2. What is your favorite day and least favorite day?

Let's make

rì 日 Sun	yī 一 Mon	èr 二 Tue	sān 三 Wed	sì 四 Thu	wǔ 五 Fri	liù 六 Sat

Make the calendar for this month, and circle today and tomorrow.

E.g. 今天 / 明天 _____ 月 _____ 號，星期 _____ 。

Let's chant

掃一掃
09-03

Xīng qī gē
星 期 歌

Yī, yī, yī, xīng qī yī, èr, èr, èr, xīng qī èr,
一、一、一，星期一，二、二、二，星期二，

sān, sān, sān, xīng qī sān, sì, sì, sì, xīng qī sì,
三、三、三，星期三，四、四、四，星期四，

wǔ, wǔ, wǔ, xīng qī wǔ, liù, liù, liù, xīng qī liù,
五、五、五，星期五，六、六、六，星期六，

qī, qī, qī, xīng qī tiān. Jīn tiān xīng qī yī, xīng qī yī,
七、七、七，星期天。今天星期一，星期一，

míng tiān xīng qī èr, xīng qī èr, zuó tiān xīng qī tiān, xīng qī tiān.
明天星期二，星期二，昨天星期天，星期天。

Replace these with the days of today, tomorrow and yesterday.

41

Xióng māo de yì zhōu
熊 貓 的 一 週

1

Jīn tiān xīng qī yī, xióng māo chá shēn tǐ.
今 天 星 期 一 ， 熊 貓 查 身 體 。

2

Jīn tiān xīng qī èr, xióng māo xué huà huàr.
今 天 星 期 二 ， 熊 貓 學 畫 畫 兒 。

3

Jīn tiān xīng qī sān, xióng māo chī dà cān.
今 天 星 期 三 ， 熊 貓 吃 大 餐 。

4

Jīn tiān xīng qī sì, xióng māo xiě Hàn zì.
今 天 星 期 四 ， 熊 貓 寫 漢 字 。

5

Jīn tiān xīng qī wǔ, xióng māo xué tiào wǔ.
今 天 星 期 五 ， 熊 貓 學 跳 舞 。

6

Jīn tiān xīng qī liù, xióng māo kàn péng you.
今 天 星 期 六 ， 熊 貓 看 朋 友 。

7

Jīn tiān xīng qī tiān, xióng māo shuì yì tiān!
今 天 星 期 天 ， 熊 貓 睡 一 天 ！

Read the story and act it out.

① Listening.

1.	A	B	C
2.	A	B	C
3.	A	B	C

② Reading.

A

B

C

D

Jīn tiān xīng qī èr.
4. 今 天 星 期 二 。 ☐

Jīn tiān shí yuè bā hào.
5. 今 天 10 月 8 號 。 ☐

Mā ma míng tiān qù shāng diàn.
6. 媽 媽 明 天 去 商 店 。 ☐

Wǒ men nǎ tiān qù xué xiào?
7. A：我 們 哪 天 去 學 校 ？ ☐

Xīng qī liù.
B：星 期 六 。

Lesson 10

現在幾點？

What time is it?

Key sentences

Xiàn zài jǐ diǎn?
- 現在幾點？ What time is it?

Míng tiān wǔ diǎn jiàn.
- 明天 5 點見。 Let's meet at 5 o'clock tomorrow.

 Let's learn

10-01

wǔ diǎn
5 點 five o'clock

shí èr diǎn
12 點 twelve o'clock

yī diǎn shí fēn
1 點 10 分 one ten

xiàn zài 現 在	now 現在幾點？
diǎn 點	o'clock 幾點，12 點
fēn *分	minute 11 點 10 分
jiàn *見	to meet 6 點見
zǎo shang *早 上	morning 早上 5 點
Tài zǎo le! *太早了！	It's too early!

Pair work. One student says the time below and the other points to it.
① 1:00 ② 4:15 ③ 5:00 ④ 5:40
⑤ 7:20 ⑥ 8:45 ⑦ 10:50 ⑧ 11:58

1 Mā ma, xiàn zài jǐ diǎn?
媽媽，現在幾點？

2 Shí yī diǎn shí fēn.
11 點 10 分 。

Question: 現在幾點？

1 Míng tiān jǐ diǎn jiàn?
明天幾點見？

3 Tài zǎo le!
太早了！

2 Zǎo shang wǔ diǎn.
早上 5 點 。

Question: 明天幾點見？

"I am the clock" game. Stand at the front and perform like the clock. Use your arms as the watch hands. Show the time your teacher tells you and ask your classmates to guess.

Let's write

Xiàn zài　　　　　diǎn　　　　fēn.
1. 現 在 ＿＿＿＿ 點 ＿＿＿＿ 分 。

Wǒ　　　　　diǎn qù xué xiào.
2. 我 ＿＿＿＿ 點 去 學 校 。

Wǒ zǎo shang　　　　　diǎn qǐ chuáng.
3. 我 早 上 ＿＿＿＿ 點 起 牀 （to get up ）。

Mini story

掃一掃
10-03

Xiàn zài jǐ diǎn?
現 在 幾 點 ？

①

Niǔyuē
紐約

②

Běijīng
北京

③

Xī'ní
悉尼

④

běijí
北極

What time is it now in different places around the world?

Xiàn zài jǐ diǎn?
現在幾點？

Xiàn zài jǐ diǎn?　Xiàn zài jǐ diǎn?
現在幾點？現在幾點？

Xiàn zài yī diǎn,　　yī yī yī.
現在一點，一一一。

Xiàn zài jǐ diǎn?　Xiàn zài jǐ diǎn?
現在幾點？現在幾點？

Xiàn zài sān diǎn,　sān sān sān.
現在三點，三三三。

Test

掃一掃
10-05

1 Listening.

1.	A	B	C
2.	A	B	C
3.	A	B	C

2 Reading.

wǒ men   shāng diàn   sān   xiàn zài

A 我 們   B 商 店   C 三   D 現 在

Bà ba,   jǐ diǎn?
4. A：爸 爸，（　　）幾 點 ？
Shí èr diǎn.
B：12 點 。

Xīng qī èr   jǐ diǎn jiàn?
5. A：星 期 二 （　　）幾 點 見 ？
Sān diǎn.
B：3 點 。

Zhèr yǒu jǐ ge rén?
6. A：這兒 有 幾 個 人 ？
Zhèr yǒu   ge rén.
B：這兒 有 （　　）個 人 。

Míng tiān jǐ diǎn qù
7. A：明 天 幾 點 去 （　　）？
Wǔ diǎn.
B：5 點 。

Lesson 11

你吃甚麼？
What would you like to eat?

Key sentences

- Nǐ chī shén me?
  你 吃 甚 麼 ？   What would you like to eat?

- Wǒ ài chī dàn gāo.
  我 愛 吃 蛋 糕 。   I like to eat cakes.

 Let's learn 掃一掃 11-01

mǐ fàn
米飯 rice

miàn tiáo
麵 條 noodle

píng guǒ
蘋 果 apple

niú nǎi
牛奶 milk

shuǐ
水 water

Pair work. Make sentences with these words. Make as many as possible!

wǒ nǐ chī hē ài shén me shuǐ niú nǎi
我 你 吃 喝 愛 甚 麼 水 牛 奶

chī 吃	to eat 吃甚麼／吃蘋果
hē 喝	to drink 喝牛奶
ài 愛	to love 愛吃麵條
dàn gāo *蛋糕	cake 愛吃蛋糕

49

Let's read

掃一掃
11-02

1 Nǐ chī shén me?
你吃甚麼？

2 Wǒ chī píng guǒ.
我吃蘋果。

3 Niú nǎi hé shuǐ,
牛奶和水，
nǐ hē nǎ ge?
你喝哪個？

4 Wǒ hē niú nǎi.
我喝牛奶。

Question: 她喝甚麼？

1 Jīn tiān chī shén me?
今天吃甚麼？

2 Jīn tiān shì bà ba de shēng rì,
今天是爸爸的生日，
chī miàn tiáo.
吃麵條。

3 Wǒ ài chī dàn gāo.
我愛吃蛋糕。

Question: 他愛吃甚麼？

Ask your friends about their favorite food, drinks or snacks, and then report.

Let's match

Nǐ ài hē shén me?
1. 你 愛 喝 甚 麼 ？

Nǐ mā ma xǐ huan chī shén me?
2. 你 媽 媽 喜 歡 吃 甚 麼 ？

Nǐ chī píng guǒ ma?
3. 你 吃 蘋 果 嗎 ？

Wǒ bù chī píng guǒ.
A. 我 不 吃 蘋 果 。

Tā xǐ huan chī miàn tiáo.
B. 她 喜 歡 吃 麵 條 。

Wǒ ài hē niú nǎi.
C. 我 愛 喝 牛 奶 。

 Mini story

 掃一掃 11-03

Nǐ xǐ huan chī shén me?
你 喜 歡 吃 甚 麼 ？

1
Wǒ xǐ huan chī shòu sī.
我 喜 歡 吃 壽 司 。

2
Wǒ xǐ huan chī bǐ sà.
我 喜 歡 吃 比 薩 。

3
Wǒ men ài hē bīng shuǐ.
我 們 愛 喝 冰 水 。

4
Wǒ men ài hē rè shuǐ.
我 們 愛 喝 熱 水 。

What do you like to eat and drink?

Let's chant

Nǐ ài chī shén me?
你 愛 吃 甚 麼 ？

Xióng māo ài chī zhú zi,
熊 貓 愛 吃 竹 子 ，

hóu zi ài chī xiāng jiāo.
猴 子 愛 吃 香 蕉 。

Nǐ ài chī shén me?
你 愛 吃 甚 麼 ？

Wǒ ài chī píng guǒ guǒ guǒ guǒ guǒ guǒ.
我 愛 吃 蘋 果 ， 果 果 果 果 果 。

Replace it with your favorite food.

Test

掃一掃
11-05

1 Listening: True or false.

1.		
2.		
3.		
4.		

2 Reading.

niú nǎi	shéi	xiè xie	shén me
A 牛 奶	B 誰	C 謝 謝	D 甚 麼

chī mǐ fàn?
5. A：（　　）吃 米 飯 ？
Wǒ chī mǐ fàn.
B：我 吃 米 飯 。

Tā men ài chī
6. A：她 們 愛 吃 （　　）？
Miàn tiáo.
B：麵 條 。

Nǐ hē shén me?
7. A：你 喝 甚 麼 ？
Shuǐ,
B：水 ，（　　）。

Nǐ ài hē　　　　ma?
8. A：你 愛 喝 （　　）嗎 ？
Ài hē.
B：愛 喝 。

Lesson 12

複習
Review

1 Group work. Name them in Chinese and classify.

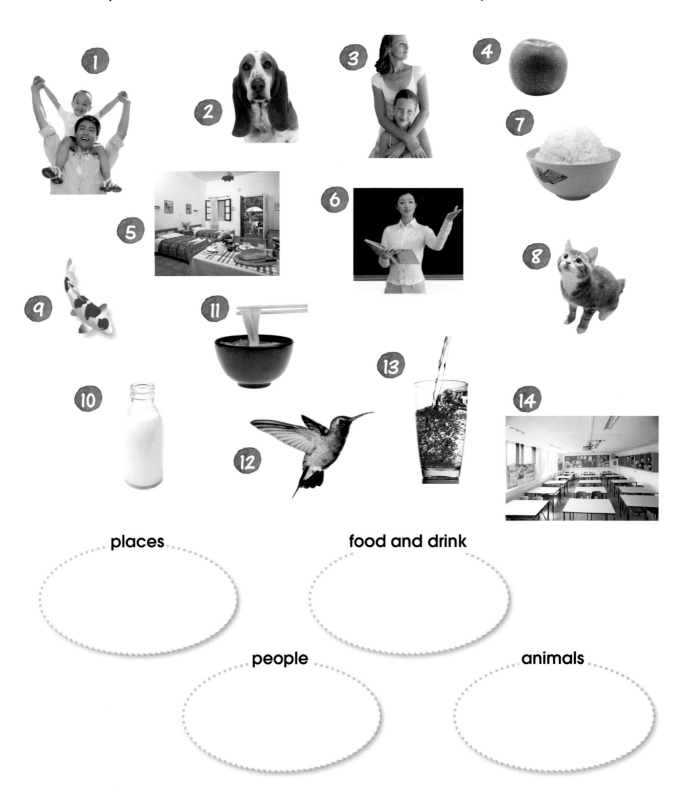

places

food and drink

people

animals

54

2 Pair work. One student asks a question with the word given, and the other answers it according to the picture.

| hào
號 | cháng
長 | zài
在 |
| yǒu
有 | suì
歲 | xǐ huan
喜歡 |

3 According to the passage, circle the picture which is not true.

Wǒ jiā yǒu yí ge xiǎo wū guī,　jiào Xiǎoxiǎo.　Xiǎoxiǎo de gè zi hěn xiǎo,
我 家 有 一 個 小 烏 龜 ， 叫 小 小 。 小 小 的 個 子 很 小 ，

yǎn jing hěn xiǎo,　ài shuì jiào.　Wǒ yě ài shuì jiào.　Wǒ hěn xǐ huan
眼 睛 很 小 ， 愛 睡 覺 。 我 也 愛 睡 覺 。 我 很 喜 歡

Xiǎoxiǎo,　Xiǎoxiǎo yě hěn xǐ huan wǒ.
小 小 ， 小 小 也 很 喜 歡 我 。

wū guī
烏龜 tortoise

shuì jiào
睡覺 to sleep

55

詞語表
Vocabulary

A

愛	to love	ài	49

B

八	eight	bā	1
爸爸	father	bà ba	14
鼻子	nose	bí zi	24
不	no, not	bù	5

C

長	long	cháng	24
吃	to eat	chī	49

D

大	big	dà	24
*蛋糕	cake	dàn gāo	49
的	(indicating a possessive relationship)	de	24
點	o'clock	diǎn	44
多	many, much	duō	29
*多大	how old	duō dà	19

E

耳朵	ear	ěr duo	24

二	two	èr	1

F

*分	minute	fēn	44

G

高	tall	gāo	24
高興	glad	gāo xìng	5
哥哥	big brother	gē ge	14
個	(a measure word for general use)	ge	14
個子	height (for people)	gè zi	24
狗	dog	gǒu	29
國	country	guó	9

H

好	good	hǎo	1
號	date	hào	39
喝	to drink	hē	49
和	and	hé	14
很	very	hěn	5

J

幾	how many (within 10)	jǐ	14
家	family	jiā	14
*見	to meet	jiàn	44
叫	to be called	jiào	5
姐姐	big sister	jiě jie	14
今天	today	jīn tiān	39
九	nine	jiǔ	1

K

看	to look	kàn	29
口	(a measure word for family members)	kǒu	14

L

老師	teacher	lǎo shī	1
六	six	liù	1

M

媽媽	mother	mā ma	14
嗎	(a question particle)	ma	5
貓	cat	māo	29
*沒有	don't have	méi yǒu	14
*妹妹	little sister	mèi mei	14
米飯	rice	mǐ fàn	49
麵條	noodle	miàn tiáo	49
明天	tomorrow	míng tiān	39

N

哪	which	nǎ	9
哪兒	where	nǎr	34
那	that	nà	29
那兒	there	nàr	29
你	you (singular)	nǐ	1
你們	you (plural)	nǐ men	34
鳥	bird	niǎo	29
牛奶	milk	niú nǎi	49

P

蘋果	apple	píng guǒ	49

Q

七	seven	qī	1
去	to go	qù	34

R

人	person	rén	9
認識	to know	rèn shi	5

S

三	three	sān	1
商店	store	shāng diàn	34
誰	who, whom	shéi	9
甚麼	what	shén me	5

* 生日	birthday	shēng rì	39
十	ten	shí	1
是	am, is, are	shì	9
手	hand	shǒu	24
水	water	shuǐ	49
四	four	sì	1
歲	year(s) old	suì	19

T

他	he, him	tā	9
她	she, her	tā	5
* 太早了	It's too early!	Tài zǎo le!	44
頭髮	hair	tóu fa	24

W

我	I, me	wǒ	5
我們	we	wǒ men	34
五	five	wǔ	1

X

喜歡	to like	xǐ huan	39
現在	now	xiàn zài	44
小	small	xiǎo	24
謝謝	to thank, thanks	xiè xie	34
星期	week	xīng qī	39

星期二	Tuesday	xīng qī èr	39
星期六	Saturday	xīng qī liù	39
星期三	Wednesday	xīng qī sān	39
星期四	Thursday	xīng qī sì	39
星期天	Sunday	xīng qī tiān	39
星期五	Friday	xīng qī wǔ	39
星期一	Monday	xīng qī yī	39
學校	school	xué xiào	34

Y

眼睛	eye	yǎn jing	24
* 也	also, too	yě	19
一	one	yī	1
有	to have	yǒu	14
魚	fish	yú	29
月	month	yuè	39

Z

再見	goodbye	zài jiàn	1
在	in, at	zài	34
* 早上	morning	zǎo shang	44
這	this	zhè	29
這兒	here	zhèr	29
* 真	really	zhēn	24
中國人	Chinese people	Zhōngguó rén	9

58

Lesson 1 Let's read

A: Hello!
B: Hello!

A: Hello, teacher!
B: Hello!

A: Goodbye!
B: Goodbye!

Lesson 2 Let's read

A: Hello! My name is Xingxing. What's your name?
B: My name is Yueyue.
A: Nice to meet you!

A: Do you know her?
B: No.

Lesson 3 Let's read

A: Who is he?
B: He is Jackie Chan.

A: What is Jackie Chan's nationality?
B: Chinese.

Lesson 3 Mini story

Who Is He?
A: Mom, who is she?
B: She is Zhang Ziyi.

A: Who is he?
B: He is Yao Ming.
A: Both of them are Chinese.

A: I know him. He is Michael Jackson.

A: Who is she? She is really pretty.

C: Hello! I'm Emma.
A: Hello! Hello!
ABC: One, two, three, cheese!

Lesson 4 Let's read

A: How many people are there in your family?
B: Four. Dad, mom, big brother and I.

A: Do you have big sisters?
B: No. I have a little sister.

Lesson 4 Mini story

My Family
1. There are three people in my family, dad, mom and I.
2. I love dad and mom, and dad and mom love me.
3. I have a dog and a cat. The dog's name is Doudou, and the cat's name is Duoduo.
4. Doudou loves Duoduo, and Duoduo loves Doudou, too.

Lesson 5 Let's read

A: Yueyue, how old are you?
B: I'm 6 years old.

A: How old is your big brother?
B: He's 6 years old, too.

Lesson 5 Mini story

My Family's Album
1. My little brother is 1 year old, and my little sister is 1 year old, too.
2. I'm 7 years old.
3. My dad is 35 years old, and my mom is 35 years old, too.
4. My grandpa is 60 years old, and my grandma is 60 years old, too.

Lesson 6 Let's read

My little sister's eyes are small, ears are small, hands are not big, and hair is not long.

A: You're so tall!
B: Your nose is so long!

Lesson 6 Mini story

Little Tadpoles Looking for Mom
A: Are you our mom?
B: No, I am not. Your mom's eyes are very big.

A: Are you our mom?
B: No, I am not. Your mom has four legs.

A: Are you our mom?
B: No, I am not. Your mom has no tails.

A: Are you our mom?
B: Yes, I am. I love you.
C: Mom! Mom!

Lesson 7 Let's read

A: Whose dog is this?
B: This is my dog.
A: Whose cat is that?
B: That is Mingming's cat.

A: Look, there are many birds.
B: Look, there are lots of fish here.

Lesson 8 Let's read

A: Is your big sister at home?
B: No. She is at school.
A: Thank you. Goodbye!
B: Goodbye!

A: I'm going to the store. Are you going with me?
B: No, we aren't. We are at home.
C: Mom, I'm going.

Lesson 8 Mini story

Where Are You Going?
ABC: Go! Go!

C: Here is the hospital.
D: Thank you!

D: Where are you going?
B: I'm going to school.
C: I'm going to the store.
A: I'm going back home.

Lesson 9 Let's read

A: When is your birthday?
B: January 1.

A: What day is it today?
B: Today is Friday.
A: Tomorrow will be Saturday. I like Saturday.

Lesson 9 Mini story

The Panda's Week
1. Today is Monday, and the panda has a physical examination.
2. Today is Tuesday, and the panda learns painting.
3. Today is Wednesday, and the panda eats a lot.
4. Today is Thursday, and the panda learns writing Chinese characters.
5. Today is Friday, and the panda learns dancing.
6. Today is Saturday, and the panda visits friends.
7. Today is Sunday, and the panda sleeps all day long!

Lesson 10 Let's read

A: Mom, what time is it?
B: Ten past eleven.

A: What time shall we meet tomorrow?
B: Five o'clock in the morning.
A: It's too early!

Lesson 11 Let's read

A: What would you like to eat?
B: I'd like to eat apples.
A: What would you like to drink, milk or water?
B: I'd like to drink milk.

A: What do we eat today?
B: Today is your dad's birthday. We eat noodles.
A: I like to eat cakes.

Lesson 11 Mini story

What Do You Like to Eat?
A: I like to eat sushi.
B: I like to eat pizza.
C: We like to drink ice water.
D: We like to drink hot water.

Lesson 1
1. 6
2. 你好。
3. 老師再見。

Lesson 2
1. 她不高興。
2. 我不認識她。
3. 認識你很高興。

Lesson 3
1. 人
2. 中國人
3. 他很高興。

Lesson 4
1. 爸爸
2. 一個人
3. 爸爸和媽媽
4. 她是我姐姐。

Lesson 5
1. 五
2. 我的哥哥
3. A：月月，你幾歲？
   B：我六歲。

Lesson 6
1. 眼睛
2. 頭髮
3. 手
4. 鼻子

Lesson 7
1. 鳥
2. 長耳朵
3. 這兒有很多小鳥。
4. 看那兒，在那兒。

Lesson 8
1. 我去商店。
2. 我在學校。
3. 你的耳朵在這兒。
4. 我去學校，再見。

Lesson 9
1. A：今天星期幾？
   B：今天星期一。
2. A：你不去學校嗎？
   B：今天星期六。
3. A：再見。
   B：再見，明天見。

Lesson 10
1. 四點
2. 七點
3. 十四號

Lesson 11
1. 他愛吃米飯。
2. 牛奶在這兒，你喝嗎？
3. 她不愛吃這個。
4. 這是誰的蘋果？

Lesson ①

1. B	2. A	3. C
4. ✗	5. ✗	6. ✓

Lesson ②

1. ✗	2. ✗	3. ✓
4. ✓	5. ✓	6. ✗

Lesson ③

1. A	2. B	3. C
4. ✓	5. ✗	6. ✓

Lesson ④

1. ✓	2. ✗	3. ✗	4. ✓
5. C	6. A	7. B	8. D

Lesson ⑤

1. ✗	2. ✓	3. ✗	
4. D	5. C	6. B	7. A

Lesson ⑥

1. ✓	2. ✗	3. ✓	4. ✗
5. A	6. D	7. C	8. B

Lesson ⑦

1. ✗	2. ✗	3. ✓	4. ✓
5. D	6. C	7. B	8. A

Lesson ⑧

1. ✗	2. ✓	3. ✗	4. ✓
5. D	6. C	7. A	8. B

Lesson ⑨

1. B	2. B	3. C	
4. C	5. B	6. D	7. A

Lesson ⑩

1. C	2. B	3. A	
4. D	5. A	6. C	7. B

Lesson ⑪

1. ✓	2. ✗	3. ✗	4. ✓
5. B	6. D	7. C	8. A

YCT 獎狀

_____ 同學：

　　恭喜你學完《YCT標準教程1》，
表現_____，特頒此獎狀表示
鼓勵。

教師簽名：_____

日期：_____

YCT Award

This award is presented to

_____

For a/an _____ performance

while studying *YCT Standard Course 1*.

Teacher: _____

Date: _____